AF297671

CHARLES FRÉMINE

FLORÉAL

PARIS

ALPHONSE LEMERRE, ÉDITEUR

PASSAGE CHOISEUL, 47

M. D. CCC. LXX

FLORÉAL

DU MÊME AUTEUR

POUR PARAITRE PROCHAINEMENT

MESSIDOR

Imprimerie L. TOINON et Cie, à Saint-Germain.

CHARLES FRÉMINE

FLORÉAL

PARIS

ALPHONSE LEMERRE, ÉDITEUR

PASSAGE CHOISEUL, 47

M. D. CCC. LXX

DÉPART

Poète évadé de Province,
Je marche en chantant vers Paris,
Léger — car mon bagage est mince,
Savant — car je n'ai rien appris.

Je pars sans montre ni breloques,
Et sans diplôme — et sans valeurs :
Quelques bouquins et quelques loques
Ne tenteront pas les voleurs.

La Province met de la suie
Sur l'or brillant du plus grand cœur,
Le mien est noir — et ça m'ennuie
Paris lui rendra sa couleur.

UN BRIN DE MUGUET

ENVOI A MARIE

I

Tu veux des vers ? quel goût étrange !
Mais pour me demander des vers,
N'as-tu pas mis, mon petit ange,
Ton bonnet un peu de travers ?

Crois-tu donc un vers sans cheville
Moins rare qu'un denier romain,
Et que la Muse est une fille
Que l'on a toujours sous la main ?

Non, Marie ! — Elle te ressemble ;
Elle a son logis familier,
Mais nous ne montons pas ensemble
Tous les soirs le même escalier.

II

Eh bien ! puisqu'elle est en voyage
Et qu'en vain j'ai l'oreille au guet,
A défaut de son bavardage,
Accepte ce brin de muguet.

Prends cette fleur que j'ai choisie;
Sur ton sein qu'elle aille mourir;
C'est la plus fraîche poésie
Que je puisse aujourd'hui t'offrir.

Et toutes les fleurs des poëtes
Jamais n'embaumeraient ton cœur,
Mieux que les blanches cassolettes
Que balance un muguet en fleur !

AVRIL

I

Puisqu'au-dessus des foules viles
Toujours mes rêves effarés
Ouvrent leurs ailes sur les villes
Et s'envolent vers les forêts;

Qu'ici, j'entends le bruit des chaînes
Que je traîne sur les pavés,
Tandis qu'à l'ombre des grands chênes
Chantent mes vers inachevés;

Puisque je n'ai d'autre pensée
Que de m'entretenir toujours,
Avec ma chère fiancée,
De nos éternelles amours;

Muse! allons-nous-en sous les branches
Qu'embaument les bourgeons frileux;
Vois! le printemps et les pervenches
Viennent d'entr'ouvrir leurs yeux bleus.

II

Amantes des calmes retraites,
O vous, qui faisiez revenir,
Par le chemin du souvenir,
Rousseau vers ses douces Charmettes!

Qu'êtes-vous donc, ô chastes fleurs,
Et quel charme vers vous m'attire,
Que mes yeux se mouillent de pleurs
Rien qu'à vous regarder sourire?

Ah! c'est que le vent est si pur
Qui vous berce et vous fait éclore,
C'est que vos calices d'azur
Gardent la perle de l'aurore;

C'est qu'ils sont si frais les buissons
Sous lesquels vous groupez vos têtes
Qu'il s'en envole des chansons
Et des strophes pour les poëtes!

III

Pervenche, azur! jeunesse, amour!
Mots charmeurs, syllabes magiques,
Voix qui remontez vers le jour
Dans les parfums et les musiques!

Seuls mots restés des verbes d'or!
Ah! quand vous frappez notre oreille,
Ce pauvre cœur que l'âge endort
Comme il tressaille et se réveille!

Comme il écarte, en souriant,
Les plis de ses rêves funèbres,
Comme il revient, jeune et croyant,
De son exil dans les ténèbres!

Comme il voit, de nouveau, s'ouvrir
Les éblouissantes trouées
Où passent, mollement nouées,
Toutes les formes du Désir !

NANETTE

Chausse tes bottines, Nanette,
L'aube suspend ses diamants
Aux rameaux verts où la fauvette
Chante la chanson des amants !

La rose fleurit sur la tombe,
La parfume et meurt à son tour ;
Ainsi, sur chaque amour qui tombe,
Fleurit et meurt un autre amour !

Les beaux souvenirs de jeunesse,
Dents blanches, regards bleus ou noirs,
Sont les trésors de la vieillesse :
Les beaux matins font les beaux soirs.

Viens, Nanette ! sur la rivière,
Le martin-pêcheur, au dos bleu,
File, file dans la lumière
Comme un trait d'azur et de feu ;

Viens ! nous suivrons le chemin d'ombre
Qui fuit comme un frais corridor,
Lorsque, dans sa profondeur sombre,
Le soleil ouvre un portail d'or !

Viens ! j'achèverai ta toilette ;
Pour miroir tu prendras les eaux,
Et je t'embaumerai la tête
Avec la neige des sureaux !

Chausse tes bottines, Nanette !
L'aube suspend ses diamants
Aux rameaux verts où la fauvette
Chante la chanson des amants !

LA NIOLLE

Il prend sa source ici — tout près,
Le clair ruisseau de la Niolle,
Et s'en va courir dans les prés,
A travers les glaïeuls moirés,
Jetant au vent sa chanson folle.

Sa source est là — sous les bouleaux
Où se plaint la brise étouffée,
Et le murmure de ses eaux
S'échappe du sein des roseaux,
Doux comme le chant d'une fée.

Que de fois j'ai suivi son cours,
Son cours qui n'a pas une lieue!
Entre deux coteaux de velours,
Où le ciel, pendant les beaux jours,
Laisse flotter sa robe bleue.

Parfois, dans son vol, un oiseau
L'effleure du bout de ses ailes,
Parfois, les enfants du hameau
Descendent au bord du ruisseau
Courir après les demoiselles;

Mais il ne bat aucun moulin,
Aucun pêcheur n'y tend ses toiles,
Et, du soir jusques au matin,
Toujours dans son flot argentin
Peuvent se mirer les étoiles.

Loin de la ville, libre et sûr,
Il chante et court dans la prairie,
Sans recevoir d'égout impur,
Sans ternir les voiles d'azur
De sa couche vierge et fleurie.

Au pied des coteaux de velours,
Le ruisseau dans la mer s'épanche.
Il bondit, fait quelques détours,
Et puis il mêle, pour toujours,
Au flot bleu son écume blanche !

— O ma Niolle, ô mon ruisseau !
Sur tes eaux libres je me penche,
Et songe qu'il eût été beau,
En rendant mon corps au tombeau,
De rendre à Dieu mon âme blanche !

JEANNE

Deux vers chantaient dans ma pensée.
L'aube de ses doigts rougissants
Enguirlandait de diamants
Les rameaux verts lourds de rosée.
Dans le clair écho des halliers
Sonnait une source argentine.
— « Elle est au pied de la colline
» Sous un rideau de peupliers. »

Ces deux vers au fond de mon âme
Éveillaient d'anciens souvenirs,
Des regrets, de vagues désirs,
Des traits pâlis de jeune femme ;

Avec le vent et les ramiers
Soupirait la forêt voisine :
— « Elle est au pied de la colline
» Sous un rideau de peupliers. »

Un chaume, au bord de la clairière,
S'affaissait sur ses murs à jour,
Et ses débris jonchaient la cour...
Où donc est Jeanne la fermière ?
Jeanne, dont l'été les colliers
Étaient de graines d'églantine!...
— « Elle est au pied de la colline
» Sous un rideau de peupliers. »

Oh ! comme sous sa coiffe blanche,
Mon cœur, t'en souvient-il encor ?
Se tordaient ses longs cheveux d'or
Et brillaient ses yeux de pervenche !
Quand nous passions les échaliers,
Je la serrais sur ma poitrine.
— « Elle est au pied de la colline
» Sous un rideau de peupliers. »

Mais aujourd'hui sa porte est close.
Plus de chansons, plus de lilas!
Et je me disais, qu'ici-bas,
Ce qui dure c'est une rose.
Sur sa tombe, aux vents printaniers
Neigaient les fleurs de l'aubépine :
— « Elle est au pied de la colline
» Sous un rideau de peupliers. »

MARIE - ROSE

Il est un nom si doux,
Que les saintes phalanges
Le chantent, à genoux,
A la reine des anges;
Si pur, qu'en s'endormant
Sur le sein de sa mère,
Le tout petit enfant
Le mêle à sa prière;
Si beau, qu'à le former
L'amour du mot « *aimer* »
Prit la grâce attendrie :
Ce doux nom, c'est Marie.

Il est, parmi les fleurs,
Une fleur de l'Asie,
Si belle, que ses sœurs
Pour reine, l'ont choisie ;

Si fraîche que, le soir,
Rêvant sur les pelouses,
Les vierges à l'œil noir
La regardent jalouses ;
Si tendre au point du jour,
Que, pour mourir d'amour,
Le sylphe s'y repose :
Cette fleur, c'est la Rose.

Dans son premier éclat,
Je sais une héritière
Au teint plus délicat
Qu'une fleur de bruyère ;
Dont les traits adorés
Portent une couronne
De longs cheveux dorés
Comme un bouleau d'automne,
Un ange, qu'en rêvant
J'embrasse bien souvent,
Ce qu'éveillé, je n'ose :
Cet ange est Marie-Rose.

CHANSON

Dans les bois mouillés, aux blancheurs de l'aube,
La main dans la main, celle que j'aimai
Courait avec moi sur les bords de l'Aube ;
Les ans et les cœurs ont leur mois de mai.

Les mois ont leurs fleurs, les cœurs ont leurs rêves ;
Nos cœurs effeuillaient une fleur d'amour;
Notre course avait de charmantes trêves ;
Les baisers sont beaux quand naît un beau jour.

Les myosotis ouvraient leurs fleurs bleues,
Les yeux de Marie étaient bleus et doux.
Nous suivions la berge et les hoche-queues
Sur le sable d'or couraient devant nous.

Dans les bois mouillés, aux blancheurs de l'aube,
La main dans la main, celle que j'aimai
Ne reviendra plus sur les bords de l'Aube;
Les ans et les cœurs n'ont qu'un mois de mai.

A IDA

Ida! ton nom est doux — ton profil arrêté
Comme un camée antique,
Et ton œil noir répand une fière clarté
Sur ta face plastique.

Tu roules sur ton col, comme un serpent qui dort
Tes lourds cheveux en tresse,
Comme les enroulaient devant leurs miroirs d'or
Les femmes de la Grèce.

Ton corsage est étroit — sévère et bien rempli
Par ta gorge naissante,
Et ta ferme beauté s'accuse à chaque pli
De ta robe traînante.

Mais pour moi, ce beau temple où ton cœur est muré
Doit rester un mystère,
Car on ne peut l'ouvrir que flanqué d'un curé
Et d'un parfait notaire.

RENCONTRE

Quand l'aube frange de satin
Les toits où le moineau babille,
En voiture, chaque matin,
Je rencontre une jeune fille.

Rênes en main et joue en fleur,
Elle arrive à travers la brume,
Blonde, et pressant avec ardeur
Son cheval qui galope et fume.

Laitière, elle apporte du lait
Dans de brillants vases de cuivre ;
Des champs l'odeur du serpolet
A la ville semble la suivre.

Désirant voir de près ses yeux,
L'autre jour, je lui fis un signe
Qu'elle comprit on ne peut mieux :
J'allai vers elle en droite ligne.

Comme ses yeux étaient fort doux
Je hasardai ces mots sublimes :
« O belle laitière, auriez-vous
» Encor du lait pour dix centimes ? »

Un charmant sourire entr'ouvrit
Sa belle lèvre arquée et franche,
Et dans le bol qu'elle m'offrit
Je bus la liqueur douce et blanche.

« Bonjour ! » — Elle me dit : « Bonjour ! »
En vain j'aurais voulu la suivre,
Car, soit de lait ou soit d'amour,
Il est certain que j'étais ivre.

ANTITHÈSE

Un jour dans un bureau conversaient deux ganaches.
Par la fenêtre ouverte, un enfant radieux
Regardait des lilas balancer leurs panaches,
Et des nuages blancs se grouper dans les cieux.

Et pendant qu'il rêvait — ils riaient ces deux hommes ;
Leurs dents noires sortaient de leurs bouches de gnomes ;
Ils se moquaient de lui — leurs fronts étaient hideux.

Tandis qu'ils s'enfonçaient dans le rire et la crasse,

Sur les nuages blancs qui couraient dans l'espace,
Son âme doucement se berçait dans les cieux.

VESPRÉE D'ÉTÉ

Vous plairait-il de cet été
Vous souvenir encor, ma blonde?
Vous aviez une rose-thé
Sur un chapeau garni de blonde.

Quel hasard mit à l'unisson
Nos cœurs — et ma main dans la tienne?
Moi le bohème du canton,
Vous l'élégante Parisienne.

Qu'ils étaient beaux, souvenez-vous,
Les tapis verts sous les bois sombres!
Nous marchions bras dessus, dessous,
Devant nous s'embrassaient deux ombres!

A quoi bon s'adorer longtemps?
N'est-ce pas votre avis, madame,
Qu'en huit jours l'amour a le temps
De roucouler toute sa gamme?

Quoi qu'il en soit, tout fut charmant.
Au couchant quel beau ciel d'orage,
Et comme l'eau tombait gaiement
Sur le timbre clair du feuillage!

Tu mis ta robe de satin
Par-dessus ta tête jolie,
Et sans songer à Bernardin
Nous faisions Paul et Virginie.

Que pouvions-nous bien faire encor?
Te souviens-tu près de la berge...
Et des glaïeuls aux casques d'or,
Et des iris bleus sur l'auberge?

O nuit d'été passée à deux!
La forêt parfumait la chambre;
J'avais dénoué tes cheveux
Qui t'inondaient d'un ruisseau d'ambre,

Et, sous ton collier d'or bruni,
J'écoutais les charmantes choses
Que soupiraient dans leur doux nid
Tes deux colombes aux becs roses !

Mais colombes et nuits d'été,
Hélas ! passent vite, ma blonde,
Vite comme les roses-thé
Et les chapeaux garnis de blonde!

LE COUCHER

Or, voici comme elle faisait
Quand pour le lit nous quittions l'âtre ;
Sous les rideaux elle plaçait
Sa petite lampe d'albâtre.

C'était fait tôt de me coucher,
Mais elle, c'était autre chose ;
Elle commençait par moucher
Proprement son joli nez rose ;

Puis, déroulant ses cheveux blonds,
Elle me disait, toute fière :
« Regarde donc comme ils sont longs!
» Ils dépassent ma jarretière.

» Il faut un jour, pour t'amuser,
» En deux tresses que je les torde,
» Et tu pourras me voir danser
» Avec, comme on danse à la corde! »

Et vive, elle sautait d'un bond
Dans l'ombre d'une vieille armoire
Qui découpait sur le plafond,
Sa corniche ouvragée et noire.

Combien de temps elle y restait,
Ce qu'elle y faisait, je l'ignore;
Toujours est-il qu'elle en sortait
Très-peu vêtue — et mieux encore.

Pas un bijou — mais, en retour,
La jeunesse et les chairs fleuries,
Et mes désirs flambant autour
Comme un collier de pierreries.

Arrière, cafards et bedeaux!
Vos paradis sont dans la nue!...
Lise, tire donc les rideaux,
Si ces gens-là te voyaient nue!

LA FENÊTRE DE MA VOISINE

La fenêtre de ma voisine
S'ouvre sur un treillis de fleurs,
Où liseron et capucine
Mêlent ensemble leurs couleurs.

On dirait, quand chaque corolle
Du soleil boit les chauds rayons,
Qu'à la fenêtre joue et vole
Tout un essaim de papillons.

Et lorsqu'à ma vitre je rêve,
Parfois mes regards ont surpris
Une ombre, vague comme un rêve,
A travers ces rideaux fleuris.

O fleurs aux calices de flamme,
Liserons aux yeux bleus et doux,
Dites-moi quelle est cette femme
Qui se cache derrière vous !

Ma voisine est-elle jolie ?
Est-ce une vierge aux noirs bandeaux ?
Une jeune veuve pâlie,
Rêvant à des amours nouveaux ?

A-t-elle chevelure blonde,
Dans sa bottine un pied cambré,
Sur sa jambe amoureuse et ronde
Son bas blanc est-il bien tiré ?

Comme la lune ouvre un nuage
Pour se mirer au clair lavoir,
Entr'ouvre-t-elle son corsage
Pour s'éblouir à son miroir ?

Le vampire de la luxure
Dessèche-t-il ses chairs en fleur ?
A-t-elle, encore, à sa ceinture,
Gardé la rose de son cœur ?

Aux pieds d'un crucifix d'ébène
Penché sur un bénitier bleu,
Soir et matin, blanche et sereine,
Son âme s'en va-t-elle à Dieu?

Ainsi s'en allaient mes pensées :
Les maisons découpaient le ciel,
Et, dans les fleurs de ses croisées,
Les abeilles faisaient leur miel !

A MARIE

Avant de t'aimer comme amante,
Je crus t'aimer comme une sœur,
Et voir, sous ta grâce touchante,
Marcher l'ange de la Douceur.

Puis un soir, ta tête charmante,
Pour oreiller, choisit mon cœur...
Marie! écoute Mai qui chante :
« Les rosiers d'amour sont en fleur! »

Pillons-les donc! car le temps presse,
Car de nos belles nuits d'ivresse,
Et de nos blancs matins fièvreux,

Il ne restera rien au monde,
Rien! pas même la mèche blonde
Que j'ai coupée à tes cheveux !

AURORE

Le soleil venait de paraître ;
Ma fenêtre
Brillait comme les vitraux peints
Encadrés par l'ogive antique
Et gothique
Qu'on voit, là-bas, dans les sapins.

Je courus ouvrir ma croisée
Embrasée,
Et, dans les branches des ormeaux
Qui jetaient sur mon toit l'ombrage
Du feuillage,
J'entendis chanter deux oiseaux.

De leur chanson fraîche et sonore,
Dans l'aurore
Montaient les trilles amoureux,
Tandis qu'aux rameaux balancée
La rosée
En perles dégouttait sur eux.

Puis tout à coup ils disparurent
Et se turent ;
Un cri d'amour les réunit,
Et, passant dans l'or de leurs ailes
Leurs becs frêles,
Ils se glissèrent dans leur nid.

— Je regardai ma chambre vide,
L'œil humide,
Et je sentis combien j'aimais
La tête folâtre et fleurie
De Marie
Que je ne reverrai jamais !

LES FLEURS DE LA FALAISE

L'aile du vent, sur la falaise,
Se déchirait aux joncs amers,
Lorsque passa la Granvillaise,
La blanche enfant du bord des mers.

Sa prunelle était claire et franche ;
Sur ses noirs cheveux en bandeaux
Se posait sa coiffure blanche,
Comme l'écume sur les eaux.

Elle allait, fière et nonchalante,
Se pavanant dans ses atours,
Drapant superbement sa mante
Sur son corsage de velours.

Or, elle avait, par aventure,
Pris à la falaise une fleur :
La fleur brillait à sa ceinture,
Éblouissante de blancheur.

Et je lui dis : — m'approchant d'elle —
« Jeune fille, ne crains-tu pas
» Que le vent des mers, de son aile,
» Ne fane tes traits délicats » ?

« Vois ma fleur, dit la Granvillaise,
» Elle se rit des vents amers,
» Car c'est la fleur de la falaise,
» La blanche fleur du bord des mers! »

A MA VOISINE

Quand vous passez sous ma fenêtre,
Je me demande quel peut-être
Le secret de vos ris charmants,
Et pourquoi vous levez, ma blonde,
Vers moi votre œil bleu qui m'inonde
De suaves rayonnements.

Pourquoi donc ce rire folâtre,
Qui, sur votre beau front d'albâtre,
Fait frissonner vos cheveux d'or ?
Puisqu'il me montre vos dents blanches,
J'aime ce rire aux lèvres franches ;
Riez toujours, riez encor !

Riez, ô jeune fille blonde !
Que votre œil d'azur, qui m'inonde
De suaves rayonnements,
Se tourne encor vers ma fenêtre,
Et je devinerai, peut-être,
Le secret de vós ris charmants.

UN MAUVAIS CONSEIL

Vous allez dire : « Oh! qu'il est drôle! »
Soit — mais je veux savoir pourquoi
Vous avez ri comme une folle,
Dimanche, en passant près de moi.

Que penser de ce rire étrange,
Dans la rue — ainsi sans façon ?
Vous avez la tête d'un ange,
Auriez-vous le cœur d'un démon ?

Lorsque l'on est jeune et jolie,
Que l'on a des yeux comme vous,
Savez-vous, petite étourdie,
Qu'on peut en devenir jaloux ?

Savez-vous que votre fou rire,
Qu'il soit franc ou qu'il soit moqueur,
Dans ma tête a mis le délire
Et glissé l'amour dans mon cœur?

Savez-vous que, depuis dimanche,
Au fond de mes nuits sans sommeil,
Je vous vois passer, blonde et blanche,
Avec votre rire vermeil ?

Ah ! jeune fille, prenez garde !
De vos perles fermez l'écrin,
Car maint œil jaloux le regarde
Quand vous l'ouvrez par le chemin ;

Car votre rire aux dents d'ivoire
Fait découvrir plus d'un trésor...
Pourtant, si vous voulez m'en croire,
Ensemble nous rirons encor !

AU BORD DE LA MER

Près du port, un matin d'été,
J'étais assis sur une amarre
Et, pour toute société,
J'avais à la lèvre un cigare.

Je regardais, d'un œil distrait,
Monter vers moi le flot sonore
Dont la volute s'empourprait
Des premiers rayons de l'aurore.

Sur la flottille des pêcheurs,
Le long des mâts, glissaient les toiles,
Et les matinales fraîcheurs
Dans le ciel pur gonflaient les voiles.

Sous les avirons des rameurs,
La mer décomposait ses teintes
Et revêtait mille couleurs
Au passage des barques peintes.

Et comme un blanc volier d'oiseaux,
Il me plaisait de voir mes rêves
S'ébattre et jouer sur les eaux
Avec les martinets des grèves !

A MON FRÈRE

Je m'y suis réveillé de grand matin, mon frère,
Dans l'ombre des rideaux
Qu'autrefois, en chantant, refermait notre mère
Sur nos fronts inégaux.

Rien n'est changé. La chambre est toujours tapissée
De ce papier perlé,
Où le liseron blanc tord sa tige élancée
A des épis de blé.

Toujours, au pied du lit, s'accroche à la muraille
Ce combat infernal,
Où de rouges Anglais tombent sous la mitraille
D'un peintre d'Épinal!

Et, pâle souvenir d'un tableau du Corrège,
Un Christ, aux deux crayons,
Regarde vaguement nos livres de collége
Debout sur trois rayons !-

O chambre abandonnée où reviennent encore
Les ombres des défunts,
Où les rêves éclos aux jours de notre aurore
Ont laissé leurs parfums !

O matins, où penchés sur les *Orientales*
L'aube nous a surpris
Psalmodiant encor ces ballades fatales
Que chantaient les Péris !

Quand, les cheveux au vent, une fleur à la bouche,
Sauvages écoliers,
Nous foulions les genêts du sentier qui débouche
Au milieu des halliers ;

Que nous restions longtemps, longtemps blottis ensemble
Dans l'ombre des roseaux
A regarder frémir le feuillage du tremble
Dans le cristal des eaux ;

3.

Savions-nous que, déjà poussés de songe en songe
      Par un destin fatal
Nous buvions à la coupe où boivent ceux que ronge
      La soif de l'idéal ?

Ah ! maudite soit l'heure où d'écouter la lyre
      Nous eûmes le travers,
Maudite l'heure où pris d'un étrange délire
      Je fis mes premiers vers !

Pourquoi ne pas laisser rayonner la Nature
      Sans peindres ses couleurs,
Et s'envoler au ciel, sans rime et sans mesure,
      Les parfums de ses fleurs ?

N'est-ce donc pas assez de sentir qu'elle est belle ?
      Et quelle vanité
Nous pousse à torturer notre langue rebelle
      Pour scander sa beauté ?

Tout ou rien ! ce n'est pas un travail de machine,
      Et l'on entasse en vain
Vers sur vers, pour gravir l'idéale colline
      Où rêve l'Art divin !

Aux purs sommets de gloire où fleurit l'immortelle
        Il n'est pas de chemin ;
La pente est roide ; il faut la franchir d'un coup d'aile
        Palette ou lyre en main !

Alors le pied posé sur la colline sainte,
        Debout dans la clarté,
Quand le génie a mis sur notre œuvre l'empreinte
        De l'immortalité !

Comme apparut Moïse à la foule étonnée,
        Au pied du Sinaï,
Nous pouvons redescendre et montrer couronnée
        L'Œuvre au monde ébloui !

REVIENDREZ-VOUS ?

Nous reviendrons, disaient les hirondelles,
Nous reviendrons avec le mois de mai ;
Quand fleuriront les jaunes ravenelles,
Nous reviendrons au manoir bien-aimé
Revoir nos nids accrochés aux tourelles.

Quand reviendra le doux mois parfumé,
Reviendrez-vous, légères hirondelles ?

Je reviendrai, me disait ma maîtresse,
Je reviendrai te voir au mois de mai ;
Pour rafraîchir la fleur de ma tendresse
J'irai revoir mon amant bien-aimé,
Et sur son cœur reposer ma jeunesse.

Quand reviendra le doux mois parfumé
Reviendrez-vous me voir, ô ma maîtresse ?

PROMENADE D'AUTOMNE

Sous le soleil mourant d'automne,
La forêt frissonne et jaunit;
Au vent du nord, l'arbre abandonne
Son feuillage — et l'oiseau son nid.

Plus de ces lianes qui passent
Leurs têtes folles à travers
Les branchages et qui s'enlacent
Autour, comme des serpents verts.

L'herbe est pâle dans la prairie.
Des bœufs roux, de brunes juments,
Au pied de la haie amaigrie,
Hennissent vers les toits fumants.

Le vent s'aiguise aux branches d'arbre ;
Les hêtres blancs, au tronc veiné,
Ressemblent à des fûts de marbre
Debout dans un temple ruiné.

O sourires mélancoliques
De l'automne sur les coteaux !
Cieux gris troués d'éclairs obliques
Allumant de lointains plateaux !

Bruits entendus des seuls poëtes,
Cris des chariots, chants des bouviers,
Manoirs normands dressant leurs faîtes
Dans la pourpre des châtaigniers !

Le merle égrène de l'épine
Les fruits rouges dans le sentier,
Pareils aux grains de cornaline
Dont Marie avait un collier.

Marie ! ô ma fraîche pervenche !
Elle plaisait à notre amour,
Ta ville où la cigogne blanche
S'endort sous les clochers à jour.

J'aimais Colmar aux toits de briques,
Colmar aux pignons dentelés,
Avec ses enseignes gothiques
Et ses vieux balcons ciselés !

Et toi Marie ! et toi ma fée !
Je te vois accourir encor
Avec ta tête ébouriffée
Qu'auréolait un brouillard d'or !

Pourtant ces heures sont passées,
Ma douce enfant au nom chéri,
Où tu passais sous mes croisées
Robe verte et chapeau fleuri.

O Souvenirs ! qu'il a fui vite
Le bel hiver de l'an dernier !
Ma chambre était haute et petite,
Mais l'amour montait au grenier ;

Mais tu montais, pâle et légère,
Les marches du sombre escalier,
Tremblant qu'une main étrangère
Ne t'arrêtât sur le palier.

Alors, c'était toute une histoire !
Sur mes genoux, au coin du feu,
Tandis que chantait la bouilloire,
Tu me faisais — un conte bleu.

Tu babillais ! quel babillage !
Avec ton accent étranger,
Triste et doux comme le ramage
Que chante un oiseau passager !

Puis, quand le printemps des montagnes
Vint déchirer les voiles blancs,
Lorsque, débordant des campagnes,
La séve éclata sur leurs flancs ;

Quand la chèvre et l'herbe fleurie
Gravirent les coteaux penchants,
Tu mis ton chapeau bleu, Marie,
Et nous prîmes la clef des champs.

Oh ! dans les fêtes allemandes
La valse à l'ombre des houblons,
Le vin du Rhin plein de légendes
Sous les lilas pleins de chansons !

Rappelle-toi la forêt brune,
La mare où sifflaient les bouvreuils,
Rappelle-toi les clairs de lune
Sur l'Ill où boivent les chevreuils ;

Rappelle-toi le paysage
Que sous tes regards amoureux
Je crayonnais, quand sur la page
Flottait l'ombre de tes cheveux !

Songe à ces larmes que j'essuie !
Songe à nos larmes d'autrefois,
Quand nous pleurions, lorsque la pluie
Tombait sur les feuilles des bois !

DANS UNE BRASSERIE

J'ai fait des rêves sous les saules,
Plus doux que les brises d'été
Qui passaient, joyeuses et folles,
Dans leur long feuillage argenté.

J'ai gravi la flèche sublime
Que Strasbourg jette au ciel changeant;
Et j'ai vu, penché sur l'abîme,
Le Rhin comme un ruisseau d'argent.

J'ai suivi, le soir, à la brune,
Des feux follets dans les roseaux
Plus légers qu'un rayon de lune
Bercé sur la cime des eaux.

Sur la colline où sont les tombes,
A l'ombre d'un cyprès tremblant,
J'ai vu s'embrasser deux colombes,
Sur un tombeau de marbre blanc ;

Mais l'ange de la rêverie
Jamais n'a rêvé ce qu'un soir,
J'ai vu dans une brasserie
Où j'étais descendu m'asseoir.

Dans sa jeunesse et sa parure,
Elle était debout, au comptoir,
Sur son front blanc sa chevelure
S'enroulait comme un turban noir.

Grandes, ses sœurs semblaient petites
A mon regard lent et charmé :
On aurait dit des marguerites
A l'ombre d'un lis parfumé.

Quels élans soulevaient mon âme,
En contemplant, dans sa beauté,
Ce pur idéal de la femme
Aux pâles traits pleins de fierté !

O Nature ! quelle harmonie
Dans tes chefs-d'œuvre rayonnants !
Comme devant toi le génie
Lève et tend des bras impuissants !

Lourds buveurs, tout gorgés de bière,
J'enrage, quand la pipe aux dents,
Vous l'ennuyez, croyant lui plaire,
De vos éternels compliments !

Moi seul, dans un coin de la salle,
Je me contente d'être heureux
En regardant son front d'opale
Sous l'ébène de ses cheveux.

A MADAME B.

Vous avez triomphé, madame, et, sans rancune,
J'applaudis franchement à votre fermeté,
Vous conduisez l'amour du doigt, comme pas une,
Et votre moindre signe est toujours écouté.

On voit que vous avez étudié chacune
De vos poses, malgré leur ingénuité,
Vous connaissez le prix de votre tête brune
Et l'éclat de vos yeux chargés de volupté.

Donc, vous ne m'aimiez pas ! Et cependant, madame,
Vos lèvres ont reçu le baiser de mon âme,
Et votre corps flexible a plié dans mes bras !

Que penser aujourd'hui de ces fausses tendresses,
Et comment pouviez-vous supporter les caresses
De celui qui vous aime et que vous n'aimiez pas ?

L'IDOLE

Au pays où le Nil sort des sources voilées,
Un capitaine entra dans le temple du lieu,
Où des êtres crépus, aux peaux bariolées,
    Priaient devant leur dieu.

L'Idole était debout, sous un dais de verdure,
A ses côtés l'encens fumait sur deux trépieds,
Du talon de sa botte à sa haute coiffure
    Elle comptait sept pieds.

La main gauche à la hanche elle avançait la droite
Sur la pomme d'argent de son sceptre incliné;
Sa poitrine bombait dans sa tunique étroite
    De drap bleu galonné!

Un fier mépris tombait de sa large moustache
Sur ses adorateurs imberbes et hideux,
Et ses longs poils tordus, comme un coup de cravache,
    Coupaient sa face en deux !

L'officier marcha droit à l'idole africaine,
Quand le dieu d'une voix vibrante comme un cor :
« Je suis un immortel ! adorez, capitaine,
    « Votre Tambour-major » !

A LA MÉMOIRE

DE

MON AMI ERNEST DE G.

MORT DU CHOLÉRA

Dans ma chambre, en chantant, je m'enfermais ce soir,
Quand j'ai trouvé la lettre aux bords tendus de noir
    Qui m'informait qu'au cimetière
La mort t'avait conduit, mon peintre bien-aimé,
Et que, les bras en croix, tu dormais enfermé
    Entre les planches d'une bière.

Un soir de l'an dernier que, devant mes tisons,
Nous étions rassemblés et qu'avec nos chansons
    L'amitié buvait dans nos verres,
Qui donc nous aurait dit : De vous le mieux portant,
Le plus gai, le meilleur, doit s'en aller avant
    Que n'aient fleuri les primevères ?

Nous causions d'avenir, de poésie et d'art;
Puis, cherchant Dieu partout, nous plongions au hasard
        Notre esprit dans chaque système,
Et, voyant qu'on n'avait trouvé rien de nouveau,
Tu nous disais : « Ce n'est qu'au fond du noir tombeau
        Qu'on trouve la clef du Problème !

Comme d'un flacon d'or, une amère liqueur,
Quand cette vérité s'échappait de ton cœur,
        Prévoyais-tu déjà, mon frère,
Que tu devais, sitôt, nous quitter et partir
Pour trouver cette clef qui doit à tous ouvrir
        La porte d'ombre ou de lumière?

Je sais qu'il faut mourir! et sous leurs cheveux blancs,
Quand l'âge, des vieillards courbe les chefs tremblants
        Sur leur poitrine qui soupire,
Si le vent de la mort, de ces corps desséchés,
Emporte pour toujours les esprits détachés,
        On laisse faire sans rien dire.

Mais quand la vie abonde au sein d'un homme fort,
Qu'en sa veine un sang pur circule sans effort,

Baignant ses chairs de transparence ;
Que cet homme a trente ans, foule d'un pied joyeux
Le sol de la patrie et laisse dans ses yeux
    Briller l'éclair de l'espérance ;

Que depuis son enfance, épris de la couleur
Et des heureux contours, il a vu dans son cœur
    L'art s'allumer comme une étoile ;
Que, fier et dédaigneux du vulgaire chemin,
Il va, l'idée au front et la palette en main,
    Fixer son rêve sur la toile ;

Qu'auprès de l'atelier, sa jeune femme endort
Un fils, un enfant rose et qui ne sait encor
    Qu'à sa coupe blanche sourire ;
Si tout à coup la mort, se dressant sur le seuil,
Empoigne l'homme aux flancs et le jette au cercueil...
    On laisse faire sans rien dire.

MULHAUSEN

A CHARLES KELLER

Mulhausen, ô cité sans arts ni poésie
Où, sur un coffre-fort, règne le roi Coton,
Ville informe, sans goût, dont la vase épaissie
Sous les pieds se détrempe en couleur de charbon ;

Je te fais mes adieux. — Je vais en Normandie,
Le pays des grands bœufs couchés dans le vallon,
Qui vit naître Corneille et berça son génie,
La mère du Bâtard dont Londres sait le nom.

Cependant, Mulhausen ! j'aimais ta bière blonde,
Et ta pure Doller, sauvage et vagabonde,
Et ton frais Tannewald aux sentiers oublieux ;

Mais j'ai toujours haï tes hautes cheminées
Qui semblent sur ton front nuit et jour acharnées
A salir ton azur pour te masquer les cieux !

ENNUI

Je ne veux rien aimer, rien admirer — me taire !
Sans haine (oh ! se peut-il que l'on puisse haïr !)
Et refouler, au fond de mon cœur solitaire,
Tout élan généreux qui pourrait le trahir.

Comme autrefois Pallas, je veux, sur ma poitrine,
Porter, à tout hasard, un bouclier d'airain,
Et poser mon talon sur ta gorge divine
O Vénus aphrodite ! ivre de sang humain !

Oui, je veux rester sourd aux doux bruits des feuillages,
Aveugle aux jeux charmants de l'ombre et des rayons,
Et ne plus m'occuper des fauves paysages
Que l'automne suspend à l'épaule des monts.

Et qui donc mieux que moi t'aima, froide Nature,
Plus que moi proclama ta farouche beauté ?
En retour qu'as-tu fait, toi, pour ta créature ?
Quelle preuve d'amour, sinon ma pauvreté ?

Ah ! mon cœur est sans foi, ma lèvre est sans prière !
Les roses qu'au matin j'allais voir s'entr'ouvrir
Pour moi n'ont plus d'arome et ne m'importent guère,
Vois-tu, j'ai vingt-cinq ans, et je voudrais mourir !

ENVOI

C'est à toi ces vers envolés
Du nid que berça ta tendresse,
Ces blancs ramiers de ma jeunesse
C'est sous ton toit qu'ils sont allés.

Marie! oh garde-les toujours
Ces gais chanteurs de mon aurore,
Que dans mon cœur tu fis éclore
Au doux soleil de nos amours!

Ils ont bu le parfum des lis
Et tes doigts ont lissé leur plume!...
Sous les feuillets de ce volume
Pour toi je les ai recueillis.

Conserve-le. Si quelque jour
L'aile du hasard nous rassemble
Nous l'ouvrirons pour lire ensemble
Ces vers dorés par ton amour.

MESSAGE

O Muse! ô mon idole!
Vole
Au faîte du rocher
Qui, le soir, dans la Manche,
Penche
Sa ville et son clocher.

Emporte ce message,
Gage
De notre amour passé,
A celle qu'à toute heure
Pleure
Mon pauvre cœur blessé.

Frappe à sa vitre close,
    Ose,
Au bras de son époux,
La tirer par sa manche
    Blanche
Et lui dire à genoux :

« Oh ! puisqu'à toi, sans trêve,
    » Rêve
» Ton amant sans espoir,
» J'ai traversé les plaines
    » Pleines
» De neige pour te voir.

» Je suis sa sœur fidèle,
    » Celle
» Qu'il écoute toujours,
» Et, de sa triste lyre,
    » Tire
» Des chants pour ses amours.

» Pendant des nuits sans nombre,
    » Sombre,

» Je l'avais entendu,
» Dans un amer sourire,
   » Dire
» Qu'il avait tout perdu.

» Il disait : L'exil m'use,
   » Muse !
» Et la morne douleur
» Empreinte sur ma mine
   » Mine
» Mon corps avec mon cœur.

» Vois ! déjà l'asphodèle
   » Mêle
» Son feuillage de mort
» A ta verveine sainte
   » Teinte
» De pleurs, de sang et d'or !

» Protége ton poëte,
   » Prête
» A mon âme ta foi,
» Car, de la tombe étrange,
   » L'ange
» Plane au-dessus de moi. »

Mais, du moins, s'il m'emporte
Porte
Ce baiser pour adieu
A la dame que j'aime
Même
En présence de Dieu.

CONFESSION

I

J'AI vécu quinze mois dans un bureau plein d'ombre,
Paresseux et pestant comme un franc écolier,
J'ai, pour cent sous par jour, posé nombre sur nombre,
Ma plume a barbouillé des rames de papier.

Pour m'expliquer des lois étranges et diffuses,
La tête dans mes mains, j'ai pressé mon cerveau;
Il n'en sortait jamais que des vapeurs confuses
Qui s'évanouissaient comme un brouillard sur l'eau.

Je fixais, cependant, ma prunelle lassée
Sur ce travail ingrat, par mes doigts griffonné;
C'était toujours en vain — et ma libre pensée
Prenait vers d'autres lieux son vol désordonné.

Alors, comme un nageur éloigné de la rive
Après de vains efforts pour vaincre le courant,
Ferme les yeux et laisse aller à la dérive
Son corps las et meurtri par le flot écœurant,

Fatigué de ramer et de tendre ma voile
Vers les bords disparus qu'il me fallut quitter,
Je m'assis sur mon banc sans guide et sans étoile
Et me croisant les bras, je cessai de lutter.

II

Et je vins m'échouer dans la fange des rues,
Ravivant ma douleur sans vouloir en guérir,
Et dans mon sein gonflé, les tristesses accrues
Me montaient à la gorge et me faisaient mourir.

'Alors, pour oublier, j'entrais dans les tavernes
Où mes pas trébuchaient dans la bière et le vin
Avec des gens douteux branlant des faces ternes
Que l'Ivresse plaquait de son hideux carmin.

5

Je me faisais l'écho de leurs voix enrouées,
J'écoutais en riant leur obscène chanson,
Puis je courais offrir à des prostituées,
Ce qui me restait d'or, de force et de raison.

J'avais peur des forêts, peur de la solitude,
Mon rêve était plein d'ombre et mes livres d'ennui,
Je n'écrivais jamais, jamais la sobre étude
N'allumait au travail ma lampe dans la nuit.

III

Au bord de cet abîme où sombrait ma jeunesse,
Une enfant de quinze ans passa dans le chemin :
Son frais visage était tout baigné de tendresse :
Elle ignorait ma vie et me tendit la main.

C'était un soir de Mai — les Joncs de la prairie
Caressaient, en chantant, les berges des ruisseaux.
La Meurthe, aux flots neigeux, dans sa couche fleurie
Souriait à la lune à travers les roseaux.

Nous marchions lentêment sur la pelouse humide,
A son beau frónt montaient de craintives pâleurs,
Et, liant de mes bras son corps frêle et timide,
Le ciel nous vit mêler nos baisers et nos pleurs.

Et l'amour nous unit — et je devins son ombre.
J'épiais ses désirs, je ne la quittais pas,
Mais près d'elle, parfois, mon regard était sombre.
« O mon ami, qu'as-tu ! » disait-elle tout bas.

« De ma main, tout à coup, j'ai senti fuir la tienne.
» Que t'ai-je fait ? Pourquoi me regarder ainsi ?
» Moi, je veux le savoir — ta douleur est la mienne. »
Alors je l'embrassais et lui disais « merci ! »

Oui, merci, Maria, tête blonde et candide,
Qui, lorsque je pleurais, me demandais pourquoi,
Car tu ne savais pas les regrets d'un cœur vide
Auprès d'un cœur rempli de fraîcheur et de foi.

Car tu ne savais pas quelle amère souffrance
J'éprouvais au récit de tes rêves heureux,
Car je les avais faits ces rêves d'espérance,
Et je savais combien on doit compter sur eux !

Enfant, j'étais jaloux de ta verte jeunesse,
De la blanche candeur de ton beau front baissé,
Jaloux de tes quinze ans ! Pardonne à ma tristesse,
Auprès de toi, vois-tu, je pleurais mon passé !

IV

O clarté matinale ! ô fleurs épanouies !
O Jeanne ! ma Normande aux yeux bleus et jaloux,
Pourquoi vous êtes-vous si vite évanouies,
En brisant, pour toujours, ce cœur rempli de vous ?

Aleaumna ! Chiffrevast ! l'odeur des clématites !
Sentiers aux rideaux verts tendus par les amours !
Places au coin des bois que le temps a détruites ;
Qu'êtes-vous devenus, ô mes premiers beaux jours ?

Qu'est devenu celui qui plia ma jeune âme
Au joug impérieux de l'austère équité
Et qui, montrant du doigt la tyrannie infâme,
Lui criait à plein cœur : « Vive la Liberté ! »

O poëte ! ô Victor que la muse tutoie !
Se peut-il que sitôt tu te sois endormi,
Toi qui m'ouvrais ton cœur comme on ouvre avec joie
Un flacon de vieux vin avec un jeune ami.

Dis-moi s'il te souvient des longues causeries,
Tous deux, au pied du mur, entre les framboisiers,
De l'ombre qui tombait de leurs branches fleuries
Tandis que le soleil dorait les espaliers !

Ah ! ce temps, fait d'espoir et de rire et d'aurore,
Par d'éternels regrets devait être expié,
Et j'ai dû voir mourir, en même temps qu'éclore,
Ces deux roses du cœur : l'amour et l'amitié.

V

Aujourd'hui que le sort m'a jeté loin des grèves
Qui ceignent mon pays comme une écharpe d'or,
Et qu'enfin je suis las d'avoir vu tous mes rêves
Toujours vers le néant diriger leur essor ;

Le dégoût m'a fait prendre en pitié bien des choses,
Je me tais — et regarde, avec affliction,
La limace bavant sur l'incarnat des roses,
Le Courage expirant aux pieds de l'Action.

Je sais, je sais, hélas! que toute plainte est vaine,
Que le bien et le mal vont se donnant la main,
Que l'ortie a sa place auprès de la verveine,
Que le caillou qu'on heurte est utile au chemin.

La nuit fait place au jour — la fauvette à l'orfraie,
Tout meurt et tout renaît — les dieux chassent les dieux,
Pourtant, sur ce chaos, une chose m'effraie,
C'est la tranquillité désolante des cieux!

IMPROMPTU

A ÉMILE ZIPÉLIUS

J'avais quelque chose à vous dire,
Mais je ne me souvins plus quoi.
Je ne pus qu'ébaucher un rire
Très-bête — et je demeurai coi.

Pourquoi ma langue fourcha-t-elle ?
Pourquoi, dans mon pauvre cerveau,
S'embrouilla ma pauvre cervelle,
Comme le fil d'un écheveau ?

Hélas ! ma parole indécise
S'était accrochée en chemin,
Et cependant, avec franchise,
Gaiement vous me tendiez la main.

Merci ! puisque je n'ai pu dire
Ce mot à votre bon accueil
Je suis forcé de vous l'écrire :
— « J'avais une paille dans l'œil ! »

DANS L'OMBRE

Je m'éloigne dans l'ombre,
En vous voyant venir, car je ne voudrais pas,
Car je ne voudrais pas, brune au profil antique,
Profaner d'un désir votre beauté pudique,
Ni projeter mon ombre en travers de vos pas !
Je m'éloigne dans l'ombre.

Je m'éloigne dans l'ombre,
Car, vierge, il est des cœurs marqués d'un sceau fatal
Que le malheur poursuit, mais qu'il ne peut contraindre,
Qui saignent à l'écart, mais saignent sans se plaindre,
Et, martys inconnus, altérés d'idéal,
Agonisent dans l'ombre !

A JULIE

Prends ton vol et monte en tremblant,
Monte vers elle, ô ma pensée !
Et pose-toi sur son front blanc
Quand elle brode à sa croisée.

Monte à sa lèvre, ô mon baiser !
La fleur a du miel pour l'abeille :
Sur sa lèvre va te poser,
Sa lèvre est une fleur vermeille.

Vole à son cœur, ô mon amour !
Frappe-le sous sa blanche armure,
Et qu'à ton front brille, au retour,
L'agrafe d'or de sa ceinture !

A LA MÊME

VIERGE aux longues tresses d'ébène,
Jeune fille aux regards voilés,
Toi qui t'en viens, calme et sereine,
Visiter mes rêves troublés !

Jamais mon oreille attentive
De ta voix n'a surpris le son,
Jamais parole fugitive
Ne m'a fait connaître ton nom ;

J'ignore de combien d'années
Ton front charmant est couronné,
Et si tes sœurs sont étonnées
De coudoyer tant de beauté ;

Mais je sais que je t'ai suivie
Jusqu'à ta porte, bien souvent,
Et que ma jeunesse et ma vie
Flottaient avec ta robe au vent.

Je sais que je te trouve belle
Comme un jeune églantier en fleur,
Qu'un chant divin vers toi m'appelle,
Et que je t'aime avec mon cœur.

RÉPONSE A MON AMI A. L.

Ta lettre enfin je l'ai reçue
    Et relue,
Ce matin, encore à demi
    Endormi.

Moi, je juge avec indulgence
    Ton silence,
Et je suis pour les longs retards,
    Plein d'égards.

Car je connais notre maîtresse,
    La Paresse,
Cette comtesse aux longs doigts blancs
    Nonchalants.

Mais elle n'est pas oublieuse,
Ni bilieuse,
Ma paresse qui va flânant
Et rêvant.

Elle est féconde et mes pensées,
Dispersées,
Rassemblent mieux leur frêle essaim
Dans son sein.

Rappelle-toi dans nos chambrettes,
Nos couchettes,
Où les songes dansaient en ronds,
Sur nos fronts.

Du matin troublant le silence,
La romance
Sortait, comme un oiseau chanteür,
De ton cœur.

Puis nous ouvrions nos croisées
Embrasées,
Et Marie en faisait autant
En chantant.

Rappelle-toi nos promenades,
        Nos baignades,
Dans l'Ill traversant les vergers
        Ravagés.

Quand écouterons-nous l'haleine
        De la plaine,
Où la Doller mêle ses bonds
        Vagabonds ?

Où sont nos réunions franches
        Sous les branches
Du Tannewald, aux verts coteaux,
        Pleins d'échos ?

Nos cris et nos dégâts indignes
        Dans les vignes,
Où nous faisions d'amples larcins
        De raisins ?

Et l'escalier où la fillette
        Indiscrète
Découvrit, sans faire semblant,
        Son bas blanc ?

Oh ! que de billets ! que d'histoires
        Illusoires,
Pendant que tu suivais toujours
        Tes amours !

M'en as-tu fait des réprimandes,
        Des demandes ?
Semé des pas, matin et soir,
        Pour la voir ?

« Regarde-la passer ! c'est *elle !*
        » Qu'elle est belle !
» Comme elle marche fièrement
        » L'œil au vent !

» Te plaît-elle sa robe noire
        » Dont la moire
» Frémit comme les vents mêlés
        » Dans les blés ?

» Hier, je lui disais encore :
        » Je t'adore !
» Et je pressais son sein en fleur
        » Sur mon cœur ! »

A ta voix mes jeunes années,
Fleurs fanées,
Secouaient le givre glacé
Du passé,

Et, sous le vent de tes paroles,
Leurs corolles
Couvraient d'une vive couleur
Leur pâleur.

Alors, dans l'ombre de sa tresse,
Ma maîtresse,
Chaste, attendait, de jour en jour,
Mon retour;

Et des carreaux de sa tourelle,
Tout près d'elle,
Me souriait mon pauvre ami
Endormi.

Mais où sont ces âmes sacrées
Adorées
Par la poésie et l'amour,
Tour à tour?

Où donc est ta tête charmante,
Mon amante ?
Où donc est ton sourire d'or,
Cher Victor ?

Morts ! sans un adieu de vos bouches,
Sur vos couches,
Sans espérance de pouvoir
Vous revoir !

Ah ! que rien ne vous fasse envie
Dans la vie,
Car l'on n'y trouve au fond des fleurs
Que des pleurs !

A LÉONCE PETIT

Depuis six ans, ton sang ne s'est pas appauvri,
    Ton corps n'a pas maigri d'un pouce,
Et dans ta barbe d'or, brille ton teint fleuri,
    Comme une rose dans la mousse.

Tu n'as jamais touché du bout de ton crayon,
    Ni petit crevé, ni cocotte,
Ce sont vos durs tétons, filles de Lanion,
    Que sa main découvre et tripote.

Tu laisses à Grévin les chignons et les bas,
    Et les pâles buveurs d'absinthe ;
C'est de vous, gars bretons, levant le lourd pen-baz,
    Que sa forte muse est enceinte !

Le nez dans tes albums, il me vient des regrets
    Pour les kermesses que tu chômes,
Et pour le cidre clair que l'on boit dans les grès,
    A l'ombre calme des grands chaumes.

Tes buveurs donnent soif — ils sont bien attablés !
    Que l'on éventre les futailles !
Et l'on entend ton rire énorme, ô Rabelais,
    Courir à travers leurs ripailles !

HEURE DE FOI

Les beaux jours et les hirondelles
En Orient s'en sont allés ;
Plus de chansons, plus de bruits d'ailes
A travers les cieux dépeuplés.

Plus d'abeilles à ma croisée.
Mes liserons sont défleuris,
Et, seule, ma triste pensée
S'arrête à leurs rameaux flétris.

O temps, que fais-tu des années ?
Saisons, que faites-vous des fleurs ?
Où s'en vont les roses fanées,
Et les sourires et les pleurs ?

Seins blancs fondus comme la neige
Au souffle brûlant des amours,
Chastes modèles du Corrège,
Que sont devenus vos contours ?

Premiers désirs, jeunes croyances,
Voiles pudiques et jaloux
Des vierges, fraîches espérances,
En nous fuyant où fuyez-vous ?

Où fuyez-vous, strophes ailées,
Confidentes de nos douleurs ?
En quels lieux, douces exilées,
Portez-vous le deuil de nos cœurs ?

Ah ! si vous êtes sans patrie,
Et si l'Eden mystérieux
N'est qu'une adorable utopie
De la candeur de nos aïeux ;

Si la Genèse n'est qu'un livre
Dont les feuillets doivent pourrir,
Si la mamelle qui fait vivre
Verse le lait qui fait mourir ;

Si la vertu n'est que folie,
Si rien n'est vrai que le tombeau,
Et si l'on voit dans le génie
La sécrétion d'un cerveau;

Pourquoi l'homme dans la souffrance,
Et qu'il soit faible ou qu'il soit fort,
Tourne-t-il sa face en silence
Vers le ciel, si le ciel est mort?

Si le ciel est mort, ô sophistes,
Qu'ils soient sombres ou radieux,
Pourquoi les hommes, gais ou tristes,
Lèvent-ils leurs mains vers les cieux?

Vers les cieux où Dieu nous révèle
Ses promesses et nos espoirs,
En lettres d'or que l'âme épèle
Dans la sérénité des soirs !

LE ROUGE-GORGE

D'ou viens-tu pour t'abattre au seuil de mon jardin,
Doux chantre de l'automne, ô plaintif rouge-gorge ?
Lorsque de noirs ennuis mon cœur gonflé regorge,
Pourquoi venir encore y mêler ton chagrin ?

Dans les bois empourprés il n'est donc plus d'ombrages ?
Où donc est ta compagne ? où sont tes chers petits ?
Dans le creux du ravin, quand ils étaient blottis,
L'autour est-il sur eux descendu des nuages ?

Dans tes yeux vifs et noirs semblent briller des pleurs.
Tu chantes cependant sous les brouillards moroses,
Mais ta chanson redit toujours les mêmes choses ;
Hélas, il n'est qu'un chant pour toutes les douleurs.

Eh bien! demeure, ami! referme ici ton aile.
Bien dur sera l'hiver, car bien cher est le pain,
Le fléaux frapperont longtemps sur la javelle,
Avant qu'on ne la jette aux oiseaux du chemin.

Quand le ciel sera blanc et les terres glacées,
Contre la faim, du moins, tu seras à couvert;
Pour toi, j'émietterai mon pain, sous mes croisées,
Et l'arbre où tu gémis restera toujours vert.

Ne t'en va pas, petit — si l'hiver nous rassemble
Tes chants éveilleront mes amours d'autrefois,
Puis, aux premiers bourgeons, nous partirons ensemble
Courir, aimer encore et chanter dans les bois!

LA SOURCE

I

Elle est dans le bois solitaire
La source où boivent les ramiers,
Elle est profonde et son eau claire
Fait un miroir aux églantiers.

Une ondine, à la main savante,
A tendu d'un beau tapis vert
Le fond de la source brillante
Qui jase et rit sous le couvert.

Et quand sur ses berges fleuries
Le matin pose un pied vermeil,
Elle roule des pierreries
Dans les clairières de soleil.

C'est là qu'un jour nous nous assîmes.
Elle avait seize ans, moi dix-huit,
Des merles sifflaient dans les cimes
Du bois qui s'emplissait de bruit.

Je lui disais : « Vois, notre vie
» Coule bien douce, n'est-ce pas ?
» Tous les bonheurs que l'on envie
» Semblent éclore sous nos pas.

» Pourtant nous n'avons rien d'étrange.
» Aux autres nous sommes pareils,
» Pétris avec la même fange
» Et séchés aux mêmes soleils.

» Mais l'amour éblouit nos âmes
» Du pur éclat de ses flambeaux,
» Et ceux qui marchent à leurs flammes
» Suivent les chemins les plus beaux.

» Oh ! je sens dans ma jeune tête
» Germer et croître bien des fleurs,
» Bien des fleurs qui sur ma palette
» Prendront de splendides couleurs !

» Va ! mieux qu'un blason de baronne
» De gloire elles rayonneront,
» Et j'en tresserai la couronne
» Dont je couronnerai ton front. »

Et, cependant, la jeune fille
Prenant ma main, leva ses yeux
Vers la voûte svelte et tranquille
Du bois, où souriaient les cieux.

Sous les ombres de sa paupière
Son regard troublé se voila —
— Elle paraissait en prière —
Puis une larme ruissela ;

Comme une perle qu'on secoue
Du calice azuré des fleurs,
Ruissela le long de sa joue
Et tomba dans la source en pleurs.

II

Aujourd'hui, je n'ai plus d'amie,
Je vais, triste et déshérité,
Traînant une maigre ennemie
Que l'on nomme : Nécessité.

Et je passe à travers la foule
Pareil à l'homme pris de vin,
Qui regarde le sol qu'il foule
Et que l'on interroge en vain.

Que faire et que dire quand l'ombre
Qui m'enveloppe croît toujours,
Quand l'un sur l'autre, en ma nuit sombre,
Stériles, s'entassent mes jours;

Quand mon pays courbe la tête
Sous le sabre des garnisons,
Et qu'il ne sort de voix honnête
Que de l'exil ou des prisons!

Comme un ballon qu'un brouillard crève
Avant qu'il ait atteint l'azur,
J'ai vu se déchirer mon rêve
Au milieu de cet air impur ;

Parfois, je ne veux pas y croire,
J'en rassemble tous les lambeaux,
Je m'oriente : Il fait nuit noire !
Oh ! chercheurs d'horizons nouveaux !

III

Je faisais ce sombre inventaire
L'autre jour, tandis qu'à mes pieds,
Brillait, dans le bois solitaire,
La source où boivent les ramiers

Mais combien de roses fanées
Depuis que je n'ai vu ces lieux !
Bois charmants ! depuis cinq années
Que de bonjours et que d'adieux !

C'était là que la bien-aimée
Avec moi vint s'asseoir un jour,
Que son âme, aujourd'hui fermée,
S'ouvrait comme une fleur d'amour.

Là que, parmi les jeunes pousses
Pleines de séve et de chansons,
Nous jasions, tous deux, dans les mousses,
Comme les oiseaux des buissons !

Là que je lui disais de croire
En moi, — que, regardant les cieux,
Enfant, je croyais à la gloire
Ainsi qu'aux larmes de ses yeux !

J'eus soif — car la souffrance altère,
Je bus à la source, à genoux,
Mais j'en trouvai l'eau bien amère...
— Pourtant ses pleurs étaient si doux !

LE DEMON DE L'OPIUM

Minuit, ce noir traqueur qui rabat, dans leurs bouges,
Ceux qui cherchent à fuir les remords de leurs cœurs,
Et closent vainement, sous leurs paupières rouges,
Leurs yeux épouvantés de sinistres lueurs;

Minuit m'avait cloîtré dans ma cellule étroite,
Mes entrailles criaient la faim — sombre combat!
J'avais le corps de glace et pourtant la peau moite,
Les Effrois me tenaient captif sur mon grabat.

Je sentais cependant que mes douleurs amères
Allaient s'évanouir au pays du sommeil;
Ma chambre s'emplissait de senteurs étrangères
Qui pénétraient mes sens comme un bain de soleil.

Et, sur les noirs marais des tristesses profondes,
Comme de pâles fleurs, mes regrets les plus chers
Émergeaient, le front ceint de folles mèches blondes
Ou de lourds cheveux noirs resplendissants d'éclairs !

Et, sous la haie ombreuse où croissent les jonquilles,
Aux bruits mélodieux d'invisibles hautbois,
Les bras entrelacés, de belles jeunes filles
Rêvaient, les sens troublés par les sylvains narquois.

Et leurs voix murmuraient : « Viens avec nous, poëte ! »
Quand un bruit singulier me fit ouvrir les yeux :
Un petit nain, assis au pied de ma couchette,
Fumait sa pipe, avec un sang-froid merveilleux.

Sa figure semblait doucement enflammée,
Comme un vase de Chine où brûle un foyer pur,
Ses cheveux étaient bleus ainsi que la fumée
Qui sortait de sa bouche en spirales d'azur.

« Un être tel que toi, lui dis-je, est assez rare
» Pour avoir quelques droits à l'hospitalité,
» Mais ta présence, ici, me semble trop bizarre
» Pour ne pas chatouiller ma curiosité ?

» Que tu sois étonné, je le conçois sans peine, »
— Reprit en souriant, cet étrange fumeur —
« Je suis fort peu connu sur les bords de la Seine,
» Mais Londres, d'où je viens, me tient en grand honneur,

» Car je suis le nain bleu que le lâche redoute,
» Le démon familier des esprits élevés,
» Le dieu de la liqueur dont la plus faible goutte
» Contient plus de bonheurs que tu n'en as rêvés !

» Et, te voyant privé, sur ton lit misérable,
» *De ce doux fruit des cieux appelé somnium*
» Je suis venu chez toi, car je suis un bon diable,
» Fumer, pour t'endormir, ma pipe d'opium. »

LE PENDU

Au creux des vallons de Larchant,
A l'heure où croissent les ténèbres,
Je m'avançais vers le couchant
Entre deux rangs de pins funèbres.

Leurs troncs montaient, rouges et droits,
De l'épaisseur des mousses blanches,
L'Horreur muette et les Effrois
Étaient accroupis sous leurs branches.

Leurs racines aux nœuds rampants
A mes pieds, sur la terre nue,
Pareilles à de noirs serpents,
Rayaient la sinistre avenue.

Un brouillard lourd et pénétrant
Suintait lentement du ciel sombre :
J'allais toujours vers le couchant
Entre ces deux murailles d'ombre.

O froids amants des vents du nord !
Contemplateurs des avalanches!
Pins inflexibles où la Mort
Pour nos cercueils taille des planches !

Quand, du haut des monts, la tourmente
Se rue entre vos rangs serrés,
Et que la chouette se lamente
Dans la profondeur des fourrés,

Si votre hôtesse, l'Épouvante,
Prenant au cou l'homme éperdu,
Lui montre la face effrayante
Et convulsive d'un pendu!....

Horreur! sa noire silhouette
S'enlevait sur l'or du couchant,
Et deux corbeaux fouillaient sa tête!...
O sombres vallons de Larchant !

AU FOND DES BOIS

Oh ! j'aimerai toujours l'horreur des forêts sombres
Dont les massifs épais m'écrasent de leurs ombres
Et la haute ramée aux bruits tumultueux,
Et les gouffres béants des sentiers tortueux
Quand, dans leurs profondeurs de feuilles obstruées,
Le soleil ouvre en paix de splendides trouées !

Et je marche, et la mousse étouffant mes pas sourds
Déroule en frais tapis ses moires de velours.

Tous ces êtres obscurs que l'on nomme des arbres,
Hêtres aux troncs polis veinés comme des marbres,
Chênes calmes et forts comme la vérité,
Pins d'où tombe la nuit et la stérilité,

A travers le fouillis des ronces et des branches
Où flottent les bouleaux comme des vierges blanches,
Semblent me regarder, témoins mystérieux,
Et, dans des cercles d'ombre, ouvrir de vagues yeux !

Je m'assieds — tout se tait, l'oiseau comme la feuille,
Et la grande forêt charmante se recueille.

LE LIVRE

I

Aux clairs appels de leurs ruisseaux,
S'éveillaient les blanches vallées ;
Avril couronnait les coteaux,
Et la diane des oiseaux
Retentissait sous les feuillées.

Cent désirs, aux yeux éclatants,
Sortaient, frémissants, de ma tête,
Et, pour célébrer mes vingt ans,
Mon cœur sonnait à deux battants
Comme une cloche, un jour de fête.

L'hyacinthe embaumait les prés,
Et le vent courait dans les saules
Dont les rameaux, de fleurs parés
Comme des panaches dorés,
Se balançaient sur mes épaules.

Cependant, le vallon désert
Se remplit d'un silence étrange,
Et je vis, dans le chemin vert,
S'avancer, le visage ouvert,
Un étranger beau comme un ange.

Il avait le front blanc et pur
Et haut comme un lis sur sa tige,
Des cheveux couleur de blé mûr,
Et des yeux verts, mêlés d'azur,
Dont l'éclat tenait du prodige.

Il portait un livre à la main
Dans lequel il parut écrire :
Je m'arrêtai sur le chemin,
Mais, à ses lèvres de carmin,
Sa voix monta comme un sourire :

« Un jour, le souvenir pâli
» Délaissera ton cœur en cendre ;
» Mais ce livre vaincra l'oubli,
» Prends-le ! quand tu l'auras rempli,
» Ami, tu pourras me le rendre. »

L'Ange rentra dans son séjour.
Le livre était doré sur tranches,
Et, sous la couverture à jour,
Brillaient ces mots : « *Jeunesse, amour.* »
Les autres pages étaient blanches.

II

Les ans passèrent — puis, un soir,
Guidé par une voix secrète,
Pour en finir, je vins m'asseoir
Sous les sapins de l'étang noir,
Dont la rive est toujours muette.

La fleur qui met Vénus en deuil
S'ouvrait sur l'eau, dans les ténèbres,
Et l'étang noir, devant mon œil,
Semblait couché comme un cercueil
Parsemé de larmes funèbres.

Alors, sur ces bords recueillis,
Je parcourus, dans ma tristesse,
Avec mes beaux jours accomplis,
Les feuillets, à jamais remplis,
Du beau livre de ma jeunesse.

Mais pourquoi, dans mon cœur qui dort,
Réveiller l'amante embaumée,
Redire les murs, aux fleurs d'or,
Entre lesquels je vois encor
Venir à moi la bien-aimée ?

Jamais le sylphe matinal,
Qui s'enivre du sang des roses,
N'a, sous leurs colliers de cristal,
Posé baiser plus virginal
Que ma lèvre à ses lèvres roses !

Jamais les chevreuils ni les faons,
Dédaigneux des routes tracées,
Sous les bois verts, n'ont vu d'enfants
Plus légers et plus triomphants
Passer, les mains entrelacées !

Oh ! dans la ferme du manoir
Le pain frais sur les blanches toiles !
Les nids sous l'arche du lavoir,
Et la charmille où chaque soir
S'allumait un plafond d'étoiles !...

Silence !... Un bruit, dans les roseaux,
Me fit relever la paupière,
Et j'apercus, au bord des eaux,
L'étranger, aux regards si beaux,
Penché sur moi, dans la lumière.

— « Ami, lui dis-je, en me levant,
» Je m'attendais à ta visite :
» Ton livre est complet maintenant ! »
L'Ange me dit, en l'emportant :
— « Enfant, tu l'as rempli bien vite ! »

FIN.

TABLE

FIN DE LA TABLE.

Achevé d'imprimer

LE VINGT AVRIL MIL HUIT CENT SOIXANTE-DIX

Par L. TOINON & Ce

à Saint-Germain

POUR ALPHONSE LEMERRE, LIBRAIRE

à Paris.

9 782019 258788